AF304257

Die Vergessenen

(Vahrenheide)

Frank Zacharias

Kapitel 1

Magdeburger Strasse 2A

Sahlkamp, die Hauptstrasse durch Vahrenheide, Ghettobezirk, Flachbauten, zwei Etagen, alle mit Balkon, gebaut für Asoziale, Großfamilien, den Ausgestoßenen, Rentnern, Behinderten, den Alkoholikern, Arbeitslosen, die keiner als Mieter wollte und auch, das Türkenpack!

Sagte man früher (ich sage das natürlich nicht), denn zwei beste Freunde stammten aus einer türkischen Familie im Bau gegenüber, gleich über dem besoffenen Deutschen, der jeden Tag auf dem Balkon seine Frau und Kinder züchtigte.

Zwischen den einzelnen Bauten,
gleich hinter dem voll gekotzten
Fussweg, lag
die Wiese, sie erstreckte sich hin bis
zu den Balkonen des nächsten
Wohnblocks, dazwischen lag ein
Wäscheplatz, wunderbar geeignet
zum Fussball spielen, vor allem von
Tor auf Tor.
Die Wäschestangen dienten auch hin
und wieder einem anderen Zweck,
und zwar dem Suizid.
Wer kein Bock mehr hatte, hängte
sich daran einfach auf,
so wie Jürgen, dritter Gang, zweite
Tür rechts.

Es war kein schöner Anblick, wenn die
Schulpflichtigen morgens zur Schule
mussten und dort zappelte einer im
Wind.

Gespielt wurde am liebsten, wenn die Wäsche hing, dies verärgerte so ziemlich alle Anwohner. Wenn es am Abend noch mal an der Türe klingelte, waren es die Wäschebesitzer, das hieß verstecken oder Prügel kassieren.

Alle Schulpflichtigen aus den Blocks gingen zur selben Schule, Weimarer Alle Schule, (das Zeichen war aber schon entfernt worden), links neuer Flachbau erste bis vierte Klasse.
Wenn sie lebend überstanden wurde, durfte im Hauptgebäude weiter gelernt werden, fünfte bis zehnte Klasse.
Sollte doch jemals ein Wunder eintreten und jemand war zu Schlau, konnte er natürlich die Schule wechseln, nach der Vierten.
Dies kam aber selten vor.

Zu Fuß zur Schule, logisch,
führte doch der Hin-und Rückweg
durch ein Einkaufszentrum,
Junky`s gab es noch nicht, die dort
herum lungerten dafür aber die Alki`s
und auch schon ein paar Obdachlose.

Hier kam der Pulk zusammen, es
wurden kleine Geschäfte abgewickelt,
Schutzgeld eingetrieben, Mitschüler
schon vor der ersten Stunde
verdroschen, auch hin und wieder ein
wenig rum geknutscht, sowie wurden
Termine für den restlichen Tag, hier
fest gelegt.

Aber!
Sobald das Schulgelände betreten
wurde…

In der Klasse bei Frau Vogel, das
liebste Kind von allen.

Und noch ein Tip:

Erpresse niemals jemanden aus der eigenen Klasse, die kennen deine Eltern und wissen wo du wohnst.
Und nach dem Besuch, ist jeder Gegenstand recht, der gerade herumliegt.

Du spürst ihn, ob du willst oder nicht!

Kapitel 2

Schulwechsel

Die Viertklässler Clans mussten noch mehr zusammen stehen, als es hieß,

Versetzt

in die fünfte Klasse.

Neues Territorium, erstmal Schnauze halten und die Lage sondieren, wer hat, wo, was, zu sagen. Die fünfer hatten ja Zeit um den Machtwechsel ordentlich vor zubereiten.

Ein Neues Einkaufszentrum wurde errichtet, inklusive Parkhaus mit Tiefgarage, behaltet dies im Hinterkopf. Vier Etagen pures Glück für unsere Abfahrtspezialisten.

Extrem guter Asphalt, Aalglatt,
geeignet für alles,
welches mit Rollen ausgestattet war.

Rollschuhe, Roller, Bonanzaräder, und
nur für diesen Zweck, zusammen
gebastelte Klappräder ohne alles.

Klar, aber mit Sattel.

Eines wundervollen Tages, keiner
hatte auf die Schnauze bekommen,
also alle froh gestimmt, ab zur
Tiefgarage.

Wegen ein paar Restarbeiten wurde
die Ausfahrt zur Hauptstrasse mit
einem Absperrband (mit
Drahteinlage) geschlossen,
dies wiederum beeindruckte den
Volker aber nicht.

Volker war unser Klappradprofi,
kleinere Bereifung, länglicher Sattel
für die Kurverlage, er war schwer zu
schlagen und gewann fast jedes
Rennen.

Es stand heute auf dem Programm,
Abfahrt Herren-dritte Etage.
Lief so weit ganz gut, Volker führte
mit sagenhaften Speed und vergaß
aber durch den Rausch der
Geschwindigkeit die Ausfahrt.

Sein Kopf lag neben der Ausfahrt
(sauberer Schnitt) unter dem
Sperrband, der Rest von Ihm ein paar
Meter weiter.

Wir fuhren trotzdem weiter, wussten
ja nun wo wir den Kopf einzuziehen
hatten und ausserdem hatten wir ja
noch keinen Tagessieger.

Volker war ja nun Disqualifiziert,

Grund:

Laut Satzung mußte als Ganzes, (das heißt also der komplette Körper) die Ziellinie überquert werden.

Wir riefen noch einen Krankenwagen und fuhren dann alle nach Hause, war Abendbrotzeit, zu spät zum Essen aus welchem Grund auch immer, wurde nicht akzeptiert.

Rüdiger zog ein, zweit Etage, vierte Tür links, weil er nicht viel redete und sich nicht vorstellte, und auch noch in den Sandkasten spuckte, bekam er gleich im laufe des Tages einen Dartpfeil in den Oberschenkel, sozusagen, herzlich willkommen und pass dich an.

Hat er dann auch prompt gemacht, es gab dann eins auf die Schnauze.
Danach, aller beste Freunde.
Nachdem die Lage am neuen Schulgelände gecheckt war, wussten wir, alles bis zur Achten Klasse, unser Gebiet.

Denn ein Heinz aus dem höheren Jahrgang, kann nichts ausrichten gegen Sechs aus der Fünften.
So lief es dann auch eine Weile ganz gut, aber als wir uns mit den Jahrgängen über der Achten beschäftigten, gab es herbe Rückschläge.
Zu viel gewollt, die Alleinherrschaft über die Schule, von Sechstklässler, war doch zu Utopisch.

Dies machte uns auf anschauliche Weise eindeutig bewusst, die Gang von Peter Klanke,

einen nach dem anderen von uns
fischte er weg, und erklärte jedem
Einzelnen, mit roher Gewalt,
gab uns zu verstehen, ja!

Schmerzhaft, aber
erst einmal so hin genommen.

Unterkriegen, falscher Plan,
ausgeharrt bis zur Siebten, auf den
Moment warten.

Vorbereitung abgeschlossen, nun
noch auf den richtigen Tag warten
und Peter war Legende an der
Weimarer Allee.
Als der Tag gekommen war, lauerten
wir dem Peter in der Einkaufspassage
auf, und erklärten Ihm freundlichst,
mit einem doppelten Nasen–und
Jochbeinbruch, wie es die nächste Zeit
weitergehen wird.
Und das wird es!

Kapitel 3

Anderes Territorium

Widmen wir uns nun vorerst der angrenzenden Region, ein Stück Niemandsland, hier galt Waffenruhe, Verhandlungen und Probleme wurden im Vorfeld abgemildert.

Also das Gebiet, (Magdeburger Straße) erstreckte sich hin bis zu dem Niemandsland, weiter zum ganz üblen Viertel, Hauptumschlagplatz und Mittelpunkt der

Kioskszene.

Die Plauner Strasse

Acht Etagen hoch war die kleinste Wohneinheit, regiert wurde das

Viertel von den nicht deutschen Staatsbürgern.
Im Bogen konnte die Strasse befahren werden und fuhr man sie entlang gab es nur Fenster und Türen zu sehen. So ungefähr in der Mitte der Plauner Straße, zur linken ein Baum und gleich gegenüber die Müllsammelstelle.

Idylle pur!

Auch am Kiosk galt die Waffenruhe, denn die Besucher beider Gebiete, wurden immer geschickt. Sie kamen von der Plauner, der Magdeburger und den gegenüber liegenden Schrebergärten. Es bot sich auch bei allen Besuchern der Kioskszene das gleiche Bild, abgegrabbelte Tasche mit Leergut in der einen, und in der anderen Hand ein Zettel und das abgezählte Geld.

Der Zettel, also die Vollmacht des Erziehungsberechtigten, war der wichtigste Bestandteil, um am Kiosk die Geschäfte abzuwickeln.

Kleines Beispiel:

Es konnte also ein dreijähriger mit dem Zettel, Stangenweise Zigaretten und etliche Flaschen Bier und Schnaps einkaufen!

Die Kraft dieser Vollmacht war unbeschreiblich!!!

Trotz Waffenruhe wurde der Bereich akribisch überwacht, denn ein Besucher, der alleine unterwegs war, ein leichtes Opfer.
Erst einmal so ein Zettel ergattert, Spass und Rausch für die ganze Woche.

Wenig Chance hatte nun derjenige,
der allein unterwegs war, denn wie
wir wissen, kommt der
Menschenschlag aus der Plauner
immer in Gruppen.

Es ist so,

ziehst du mal einen alleine ab, hast
du am nächsten Tag zwei Familien am
Hals.

Kleiner Tipp
lerne Laufen, schnell Laufen

Hast du als Alleinbesucher, den
Kampf um den Zettel eines Tages
verloren, dann hilft nur eine neue
Identität oder auswandern, denn
gehst du nach Hause und das Leergut
ist noch in der Tasche,
Tja, wie Selbstmord.

Egal ob dein Gesicht zerschlagen ist,
oder du blutest wie ein Schwein.

In der Tasche war immer noch das
Leergut!!!

Deshalb kamen auch immer zwei
Besucher zum Kiosk,
praktisch gesehen, einer als
Opfergabe und der zweite brachte
den Einkauf sicher nach Hause.

Hoch gehandelt, wurden die Zettel,
ein Verfallsdatum hatten sie ja nicht,
das Geschäft lief auf Hochtouren,
deshalb waren die Bewohner der
Plauner Strasse auch besser gekleidet
und hatten schon damals die
schöneren Personenkraftwagen.

Na gut, kann natürlich auch sein, das
die Deutschen alles versoffen hatten.

Kapitel 4

Die Türken

Nachdem die ehrliche Familie, Namens Peynirci in der Plauner Strasse kein Fuss fassen konnten, zogen sie in die Magdeburger 6, 2 Etage, vierte Tür Rechts.
Die Wohnung, wie wir wissen über dem besoffenen Deutschen und seinen Züchtigungsvorgängen.
Peynirci, Vater bei Conti , damals das zweitgrößte Unternehmen und Zulieferer an Volkswagen, Mutter Hausfrau, logisch!
Eine Tochter (leider Name vergessen) und zwei Söhne, Erol und Mustafa.
Anfangs waren sie auch in der Magdeburger nicht so gerne gesehen,

lebten sehr zurück gezogen in ihrer
Wohneinheit.

Gerüchten zufolge

(stinken, Kopftuch, essen komisch,
Verbrecher) wurde über die Türken in
die Gegend gestreut, die jetzt in
unmittelbarer Nähe wohnten. Es hat
allerdings keinen Deutschen
interessiert als sie noch in der Plauner
lebten, doch als beide Jungs auf die
Weimarer kamen und man sie näher
kennen lernte, ja war OK.
Es wurde zusammen gegessen,(ja sie
aßen halt anders und es roch
anders), gespielt, gelernt.

Ausserdem war es an der Kioskszene
von Vorteil, wenn man mit zwei
Türken auftaucht.
Sie waren Loyal und konnten auch
schnell laufen.

Gespielt wurde, zwischen den beiden Wohnblocks, gleich neben der Wäscheaufhängeinsel.

Da sie nicht nur Batak in ihrer Bude spielen sollten, mussten sie auch mal an die frische Luft, Cowboy und Indianer,
hielt nicht lange stand, denn die selbst hergestellten Pfeile und Bögen war der Knaller und die Augen leuchteten. Sie glänzten solange bis Erol in die Luft schiessen wollte und seine Schwester ihm auf den Arm sprang und der Pfeil in einer Wange landete.
Ein Schmerz war nicht zu spüren, er wabbelte nur auf und ab, also den Pfeil festhalten und ab nach Hause, geklingelt.
Was ist?
Wieso klingelst du, Klatsch

Pfeil in der Wange, was soll der
Scheiß, Klatsch

Dann muß ich dich halt ins
Krankenhaus fahren, Klatsch

Tetanusspritze, war ne schöne Zeit,
Spielverbot mit den Türken, zwei
Wochen.

Kapitel 5

Weiter in der Magdeburger

Es dämmerte, der Abend näherte sich, Hochparterre , offener Gang, vom Treppenhaus zu den Wohneinheiten, das Ziel, Wohnung gerade zu.

Wohnungstür heil, (war nicht immer der Fall), Klingel und Namensschild vorhanden und funktionsbereit. Vorderfront, keine eingeschlagenen Scheiben, heute brennt auch kein Briefkasten, welch schöner Abend.

Vorbei an Wohnung R1, älteres Ehepaar, ging nur auf dem Friedhof spazieren, ansonsten am Kartenspielen und rauchend in der Stube sitzend, aber freundlich.

Wohneinheit R2, eigentlich nicht oft wahrgenommen, wenn die ledige Dame gesichtet wurde, brachte sie entweder den Müll heraus oder Kotzte über die Brüstung.

R3, still, zurückgezogen, fast nie wurde dort jemand gesehen, bis Sie eines Tages, 12:35 mit Handschellen aus der Wohnung geführt wurde.
Zack, noch ne Wohnung frei!

Vier Zimmer sollten es sein, lange haben Sie darauf gewartet, das die fünfzehnköpfige Familie endlich auszog, denn jene, bekamen ein Haus gespendet, von der damaligen Regierung,
Freude Groß.
Wohnung total verwohnt und zerstört, damals gab es noch keine Übergabeprotokolle, schon garnicht Mietkautionen, also jeder einziehende

musste nun ein paar Tage Hand anlegen, damit es wieder wohnlich wird.

Man zog also von der Einskommafünf Zimmerwohnung in die Neue, weit war es ja nicht, gegenüber liegender Gang, die letzte Wohneinheit, nur Vier Türen weiter.

Fünf waren die neuen Mieter. Die liebe Mutter, zwei Jungs, die eine Schwester hatten und der durch Alkohol, Aggressiv werdende, prügelnde sowie randalierende Vater.

Zwei Kinderzimmer, Schlafzimmer und die gute Stube (die meistens Demoliert war), einen Balkon gab es auch.

Unruhig wurden alle am Tisch, der mitten in der Küche stand,

warum immer wieder dieses Spiel?.
Ging es allen durch den Kopf, gleich
war es soweit.
Es entschied, wie immer das Los,
schon seit Jahren die gleiche
Prozedur, niemand wollte aber der
Verlierer sein, verständlich.

Zwei Schlüssel bekam derjenige
ausgehändigt, also quasi der
unglückliche Verlierer und war ab
dem Moment auf sich allein gestellt.
Innerhalb Millisekunden waren alle
aus der Küche heraus, Freude bei den
einen und leichter Tränenfluss des
Schlüsselträgers.

Kapitel 6

Der Schlüsselträger

Die Schlüssel nahm er vom Tisch, ungerne, aber er war halt an der Reihe. Die Haustür fiel hinter ihm ins Schloss, zwei Etagen hatte er vor sich.

Er verließ die Wohneinheit und machte sich auf den Weg, vorbei an den anliegenden Wohnungen, Nummer eins schaut wie immer aus dem Küchenfenster um nichts auf der Welt zu verpassen, dann ins Treppenhaus, schwere Tür aus Glas und Stahl, mit einem lauten Knall fällt sie wieder zu, geschafft, Lichtschalter gefunden.
Es wurde hell, so war es ein bisschen angenehmer, die schwere Tür fiel durch den Wind abermals ins Schloß,

ein Krach der durch den ganzen Block
zu hören war.

Der Abstieg näherte sich, noch kurz
aufpassen das man nicht auf
Erbrochenem und Fäkalien
ausrutschte, angelangt.
Treppe hinunter, absolute Stille, sein
Herz hörte man schlagen, die Augen
machte er zu, doch der Schall, vom
Herzklopfen prallte von der Wand.

Gemauerte Treppe, Kalkweiß
gestrichen, flacher Niedergang,
Vorsicht war geboten, des Kopfes
wegen.
An der Decke, so etwa in der Mitte,
ein kleines Licht, hell schien es nicht,
erahnen konnte man den Eingang
nur.

Froh waren die anderen Mitstreiter,
daß es sie nicht erwischt hatte, denn
unangenehm ist es, dort hin zugehen.

Die Tür, scheint noch so weit
entfernt, Stille,
Stufen die hinab führten,
gemauert nach dem Motto, wird
schon gehen.

Der Schlüssel passte und die Tür ließ
sich quietschend aufziehen,

alte Scharniere,

wenig Öl.

Er trat ein, dunkel, die Gänge rechts
und links waren sehr lang, in jede
Richtung gab es einen Schalter für die
karge Beleuchtung oder sollte man
eher sagen einen Dreher,

denn es gab nur diese und sie waren
zuverlässig.
Gedreht, ein Klacken und es wurde
heller, aber die Stille blieb.

Jedes Geräusch nahm man mit
Schrecken war, er musste nach links,
zuckte bei jedem Geräusch erneut
zusammen und drehte sich
Blitzschnell um, ob irgend etwas, na
das Etwas wovor wir uns alle
Fürchten, versucht ihn zu ergreifen.
Aber kam nix und weiter.

Ja es war der Keller,
wer kennt ihn nicht, der
schrecklichste Ort für jeden
Kleinwüchsigen,
meistens wurden Kartoffeln und
Eierkohle Briketts dort gelagert, es
roch immer muffig und verfault, nach
Pisse und Kot. Kratzspuren und
Flecke waren an den Wänden, alle

zwei Sekunden drehte man sich um, ob nicht doch jemand, einem von hinten nieder prügelt.

Ein Röcheln und Wimmern nahm er wahr, es kam aus der Parzelle, welche er aufsuchen sollte, er ging langsamer.

An der Parzelle angekommen, es stank wieder nach Urin und Alkohol, auf dem kalten Boden, zusammen gekauert, lag etwas.

Inmitten des oben beschriebenen, noch etliche Zigarettenstummel und die dazu gehörigen Packungen. Die Züchtigungsgerätschaften hatte er wohl nur aus Spass um sich herum angeordnet, dennoch.

Er fasste sich ein Herz und sprach ins dunkele hinein,

Vater steh auf, du sollst zum Essen
hochkommen.

Als er den Satz ausgesprochen hatte,
lief er so schnell er konnte Richtung
Ausgang, bevor das Licht erlosch.

Kapitel 6

Die große Party / Verbannung / Umzug

Frühjahr,
Zeit für Konfirmation und Kommunion,
Feiern standen an,
obwohl, es wurde ja an jedem Wochenenden immer irgendetwas gefeiert.
Dieses Ereignis war aber anders als die üblichen, denn man konnte sich Schick ausstaffieren,
musste sich aber über eine Stunde zusammen reißen und auf keinen Fall dem Pastor dazwischen quatschen.

Die normalen Feiern (Besäufnisse vor der Glotze) und Veranstaltungen

wurden doch eher sehr zwanglos
abgehalten.
Jogginghose gab es noch nicht, also
blieb man so wie immer, (vielleicht
wurde mal die Unterwäsche
gewechselt).
Eigentlich war es ja auch egal welche
Kleidung jemand trug, denn nach 2
Stunden hatten die meisten Gäste,
eine ganz andere Wahrnehmung.

Dies lag aber sicherlich nicht am
Essen, wie man vielleicht vermutet
hätte, sondern an den Flüssigkeiten.

Schick sahen Sie aus, wenn sie es
doch nur wollten.
Babysitter gab es noch keine, also
wurde das älteste Kind dazu
verdonnert, dies zu regeln.
Aber was wäre man für eine Mutter,
wenn diese nicht noch ein Trumpf im
Ärmel gehabt hätte.

Auf die Gören wurde noch die Dame
aus R1 angesetzt.

Naja für alle Fälle.

So, seid artig, hört auf den Ältesten
und weg waren sie.

Zwei Minuten später war die erste
Vase Kaputt!

Danach verlief alles nach Plan und
eines nach dem anderen ging zu Bett.

Mitten in der Nacht wurden sie durch
eine zu laut zugeschlagene
Wohnungstür aus dem Schlaf
gerissen.
Oh shit, Mutter kam Heim, mit einer
Drecks Laune, wumms, die nächste
Tür.
Schlafzimmertür, wir flüsterten, ok,
die war zu. Am einschlafen war erst

einmal nicht mehr zu denken, wir
spitzten die Ohren und verhielten uns
ganz ruhig.

Nach drei Minuten, ein
Ohrenbetäubender Lärm aus der
Wohnstube, als sei eine Bombe
eingeschlagen.
Nun wie so oft ging der Streit dann im
Schlafzimmer so richtig los.

Sie heulten sich, so leise es ging
wieder in den Schlaf.
Der Morgen danach, als wäre ein
Abriss Kommando durch die Stube
gefegt.
Der große Knall in der Nacht, der
verursacht wurde, war der 1,50 Meter
lange Steinblumenkasten, der längst
durch die Balkontür flog.

(Weil, kein Hausschlüssel vorhanden.)

Landete er zusätzlich auf dem Stubentisch und räumte diesen leer. Alles was irgendwie im Wege stand wurde zur Seite geschleudert, was hat ihm die Schrankwand denn angetan, das so viele Türen daran glauben mussten?

Splitter überall Splitter.

Aber wenigstens war das Gesicht der Mutter OK.

War nicht immer so!

Das Ansehen der Familie sank aus dieser Nacht bei allen ins Bodenlose, doch zum Glück hatte Mutter eine neue Anstellung, bei der Stadt in der Nachbargemeinde und wir zogen um.

Kapitel 7

Neuanfang

Erleichterung bei allen Familienmitgliedern, alles bisher geschehene wurde hinter einem gelassen und für einen Neuanfang, stand nun nichts mehr im Wege. Peter Klanke war Geschichte und das neue Territorium war eine Realschule. Bruder Gymnasium , Schwester Grundschule mit dem Motto „ Ohne Fleiß, Kein Preis „

Das Kreuz am Eingangsportal müssen die auch erst vor ein paar Jahren entfernt haben.

Mutter Festanstellung, Vater bei Conti rausgeflogen,

Job als Nachtwächter

verkackt,

hatte sich nun auch bei der Stadt im Pflegedienst als Nachtwache beworben, gute Aussichten, weil Personal schon damals Mangelware.

Wohnbereich, 5. Etage von 8, Neubau, die beiden Flachbauten nebenan, auch von der Stadt, ausschließlich für die Mitarbeiter der Stadt Hannover.

Zum Suizid Haus wurde es erst zu einem späteren Zeitpunkt.

Also fassen wir mal zusammen
– Neue Jobs
– Neue Schulen
– Neue Freunde aus den Blöcken nebenan

– Neue Leichen im und um das Haus herum

was will man also mehr als aufstrebender Teenager.

Realschule war natürlich eine andere Kategorie, nach ersten Beobachtungen wird es hier nicht so einfach, der Regent zu werden, also setzen und erst einmal lernen.

In der Nachbarschaft lebten schon so einige Teens, alles Kinder von den Pflegekräften, aber welch Überraschung, 80 Prozent waren nicht die hellsten Leuchten.

Fangen wir an mit Reinhard, war ein paar Jahre älter, genannt Chako, stand auf Kung Fu Filme und fertigte seine Nunchakus selber an, lebte bei seiner Mutter und Ihrem

Lebensgefährten in einem vermufften Zimmer ohne Fenster, das Bett stand gleich neben dem Gefrierschrank

Einmal in der Woche wurde gelüftet, das heißt, die Tür stand länger als zehn Minuten auf, Bettwäsche Wechsel alle 4 Monate und das Zimmer voll gequarzt.

Chako aß fast ausschließlich nur Nutellabrot mit Rama, (lecker), und wenn er wach, wurde so gegen 14:00 Uhr, frohnte er seinen Hobbys, Fernsehen und Computerspiele auf DOS.
Ohne Schule und ohne Job war er. Gerüchten zufolge ist er schon nach der vierten Klasse abgegangen.

Aber Nett, war ein entspannter Umgang. Verbleib ungewiss!

Hans und Franz war die Übersetzung ins Deutsche der beiden Jugoslawischen Brüder die ich kennen lernte, einer Dick und der andere Dünn.
Als Vergleich stellt euch Pat und Patachon vor.
Zwei Nette aber auch Familiengeprägt wie einst Erol und Mustafa.
Sie durften erst zum spielen raus, wenn alle häuslichen Angelegenheiten zur vollen Zufriedenheit der Eltern erfüllt waren. Verbleib ungewiss!

Martina, Einzelkind und ein wenig verzogen, Ihre äußeren Geschlechtsmerkmale setzte sie von Anfang an in Pose, sehr Üppig, sie wusste was sie damit bei einigen in der Gruppe bewirkt. Mutter nur Nachtschicht, Chako stand auf sie, aber erst später, sie war schwer in die Gruppe zu integrieren, Oma und

Mutter passten doch zu sehr auf. Wo sie zur Schule ging ist bis heute ein Geheimnis. Verbleib ungewiss!

Und dann Heike,

schlank, groß gewachsen, sportlich. Ihre Bewegungen waren von je her sehr Filigran, Hände zum Klavierspielen, jeder ihrer einzelnen Bewegungen versetzte mich in eine Art Ekstase, verdrehte mir den Kopf und die Gedanken bewegten sich im Kreis.

Mutter meiner Tochter,

Verbleib ungewiss!

Johann Wille,
korpulent von klein auf, änderte sich bis in die Teenagerzeit nicht im

geringsten. Beide Eltern in der Pflege,
daher sehr viel allein, das heißt
optimale Voraussetzungen zum Dick
bleiben, kein Sport,
täglich Computerspiele und jede
Menge Futter.
War selten in der Gruppe und wenn,
protzte er immer nur mit seinem Hab
und Gut. Er wurde trotzdem
Akzeptiert, wohnte ja nun auch in den
Blocks.

Spätsommer, die Dämmerung brach
schon herein und man durfte nach
dem Abendbrot noch bis Neun Uhr
draussen bleiben. Es wurde viel auf
dem gegenüberliegenden Gelände der
Nervenklinik gespielt, denn dort war
die schönste Wiese. Immer akkurat
gepflegt und am Abend arbeitete dort
keiner mehr, die Schreie aus den
umliegenden Gebäuden wurden nach

einiger Zeit auch nicht mehr wahr genommen.
Als wir fertig waren gingen wir nun alle zurück in die Hausflure, als Johann plötzlich eine Schreckschuss Pistole zog und damit rum fummelte, ist nicht geladen, meinte er, habe ich bei meinem Alten gefunden.
Er zielte aus Spass, ein lauter Knall und jagte mir die volle Ladung Schwarzpulver ins Gesicht, alle im Treppenhaus erschraken, ein Höllenlärm, mein Gesicht brannte, ich sagte noch zu ihm Spinnst du Idiot und ging dann entspannt nach Hause, um mir über das Ausmaß des so eben geschehenen ein Bild zu machen.

Mein schönes Gesicht.

Verbleib von Johann ungewiss!

Thomas Gall,
schlank, Blaue Augen und Blond
gelockte Haare, sehniger Körper.
Man könnte meinen, ein Modell sei zu
uns gezogen, aber weit gefehlt.
Lebte zusammen mit Mutter, Tante
und einem Cockerspaniel. Hatte zu
dem Zeitpunkt schon zweimal im
Jugendknast gesessen, wusste
natürlich niemand und geprahlt
wurde damit auch nicht. Es wurde viel
Zeit mit ihm verbracht denn er war
ein sehr sympathischer Umgang.
Viel erlebt und es gibt nichts zu
bereuen!

Verbleib entweder Obdachlos, Knast
oder Tot durch Drogen!